푸른사상
시선
37

세상을 박음질하다

정 연 홍 시집

푸른사상 시선 37

세상을 박음질하다

인쇄 2014년 1월 25일
발행 2014년 1월 30일

지은이 · 정연홍
펴낸이 · 한봉숙
펴낸곳 · 푸른사상사
주간 · 맹문재 | 편집 · 김재호 | 교정 · 김소영

등록 제2－2876호
주소 서울시 중구 충무로 29(초동) 아시아미디어타워 502호
대표전화 02) 2268－8706~7 팩시밀리 02) 2268－8708
메일 prun21c@hanmail.net
홈페이지 www.prun21c.com

ISBN 979-11-308-0112-4 03810
ISBN 978-89-5640-765-4 04810 (세트)

값 8,000원

☞ 저자와의 합의에 의해 인지는 생략합니다.
e-CIP 홈페이지(http://www.nl.go.kr/cip.php)에서 이용하실 수 있습니다.
(CIP제어번호 : CIP2014005514)

본 도서는 2013년 부산문화재단 지역문화 예술육성지원 사업의 일부 지원으로 제작되었습니다.

세상을 박음질하다

| 시인의 말 |

밤하늘을 올려다보는 날이 많아졌다.
나와 우주 사이에 경계는 없다.
빅뱅으로 우주가 생성되었고 오랜 세월이 흘렀다.
별을 우러러보는 것은 인간의 탄생지가 우주이기 때문이다.
사람은 별의 자식이다.

시를 그리워하는 것은
인간이 영적인 존재이기 때문이다.
내게 시인의 유전자를 물려주신 분은 지금 고향에 잠들어 계신다.

2013년 12월
기장의 바닷가 동백리에서
정연홍

| 차례 |

제2부

| 차례 |

제3부

제4부

제1부

수궁가

깊은 동굴 속 슬픈 짐승 한 마리 살고 있다 때때로 그 짐승은 아무도 모르게 울음을 쏟아내었는데, 붉은 소리 속에 누군가 흐느끼는 소리도 섞여 있다 평생 동굴 속에만 갇혀 산 짐승은 한 번 울면 좀체 그치지 않았다 우는 것인지, 괴성을 내는 것인지 소리는 나날이 깊어지고, 굵어졌다 누군가 추임새를 넣는 듯 얼씨구, 소리도 들렸다 때때로 박쥐들의 날개 소리와 피 냄새가 그 소리에 섞여 하얀색으로 변하였다 지상의 나무들과 꽃들은 소리의 높낮이를 따라 흔들리거나, 피고 지고 다시 묻혔다 짐승이 우는 날, 빗소리 같은 북소리도 두, 두, 둥 울렸다 간간이 폭우가 쏟아지고, 폭포로 변한 소리는 슬픈 소리는 물줄기를 뚫고 하늘로 날아올랐다 달빛으로 변한 온 세상에 빛을 뿌렸다 사람들이 잠든 마을에도 날아가고, 잠들지 못한 사람들은 그 소리를 들었다 귀신의 울음 같기도 하고, 짐승의 울부짖는 소리 같기도 하고 죽음의 소리 같기도 한,

누구도 그 슬픈 짐승을 보지 못했다

촉지도 1

— 소리를 차는 사람들*

소리를 발로 차네요

귀로 보고 눈으로 들으며

딸랑딸랑, 을 차는 일은 신나죠

헛발질로 남의 엉덩이를 차기도 하지만

화내는 이 아무도 없지요

오프사이드가 없어 누구나 신나게 달리죠

운동장에서의 생은 아웃이 없지요

우리는 잘 달리고, 잘 찹니다 잘,

보이네요!

너무 잘 보여 안대까지 하지요

소리를 차는 마음에는

만 개의 눈이 있어

만개(滿開)된 세상을 보지요

만개된 검은 꽃

세상은 온통 꽃밭이죠

꽃밭 속의 축구공은 멋대로 튀어 달아나버리지만

소리를 보고 소리를 차지요

* 소리를 차는 사람들: 시각 장애인 축구단.

촉지도 2

— 점자(點字)

어둠에게 처음 갇혔을 때
혼자였다 예고 없이
세상은 나를 빼앗아 가버렸다
쇠창살보다 두꺼운 검은 적막은
나를 절망케 했다
햇빛을 잃어버린 날들은
춥고 무서웠다
죽음보다 깊은 무력감이
나를 찔렀다

칼은 뱃가죽을 뚫지 못했다
칼 한 자루로 결정되지 않는
생의 갈림길
구멍 난 자국으로
햇빛이 뚝, 뚝 떨어져 내리고
나는 혓바닥으로 핥아 먹었다
달고 맛있는 피

세상에는

점(點)으로 된 길이 있다

손가락 끝으로 보는 촉각의 길,

짚어가는 곳마다

길이 환하게 열린다

부드럽고 편안하다

헤맬 염려가 없으므로

어둠 속을 떠돌지 않아도 된다

그 길 위에 서서

다시 세상을 내려다본다

촉지도 3
— 배

그 섬에 사내가 살고 있다

우물도 없고, 인가도 없는

황량한 사막에 갇혀

몇 년째 유폐되어 있다

그가 하는 일은 손바닥만 한

섬을 떠나기 위해

길을 찾고 배를 만드는 일

어디선가 파도 소리 들렸지만 보이지 않았다

손을 뻗으면 바다와 구름이 잡힐 것 같았다

천천히 걸어도 자주 넘어졌다

길은 빛을 숨기고 자꾸 몸을 말았다

끊어진 길 끝에 서서

세상을 향해 손 내밀었지만,

아무도 잡아주지 않았다

손끝으로 바람이 만져졌다

바람의 향기는 코끝에 오래 남았다

구름의 흔적을 쫓아

손가락으로 보며 걸었다

촉감의 길은 빛에 현혹되지 않으므로

헤맬 염려가 없었다

혼자 가는 먼 길 쓸쓸하지 않았다

만지며 걷는다는 것은

엄마 손을 잡았던 것처럼 편안했다

촉감으로 선명한 길이 보였다

바다 너머 파란 도시가 보였다

촉지도는 한 척의 배가 되었다

세상을 향해 돛을 올렸다

촉지도 4
— 섬

섬
까지 가는데 오랜 세월이 걸렸다
노질은 서툴렀고 자주 넘어졌다
온통 먹물
닦아내도 보이지 않았다
눈꺼풀이 열리지 않았다

손가락으로 만져보았다
그림을 그렸다
사람을 그렸다
손가락을 따라 길이 보였다
파란 바다가 출렁거렸다
그 너머 빌딩이 춤을 추었다

촉지도에 가면
촉감으로 분명히 보였다
느낌은 소리가 되었다
이제는 넘어지지 않았다

선명히 보이는 세상을 향해

뚜벅뚜벅 나아갔다

북극곰

북극곰이 죽었다
해빙된 땅에서 먹이를 찾아
수백 킬로미터 떠돌다가
가죽과 뼈만 남았다
북극곰의 먹이는 물개
물개를 잡으려면 유빙을 타고 바다로 나가야 하는데
배를 잃어버린 슬픈 곰
해부된 위(胃)에서는 몇 마리의 생선 뼈가 나왔고
지방이 빠져버린 몸통에는 가죽만 헐렁했다
뼈가 거죽을 걸치고 있었던 것
아버지도 그렇게 쓰러지셨다 목수로
평생 쌓아올린 자신의 집이 무너지자 그대로 주저앉으셨다
단단했던 주먹, 근육질의 허벅지가 축 늘어졌다
아버지를 받치고 있는 것도 살과 뼈
아버지가 평생 좇으셨던 노동도
마지막엔 자신을 옭아맨 감옥이었다
곰들이 운다
눈이 오지 않는 극지의 땅에서 운다

얼음이 녹아가고, 바닷물이 높아지고

뼈가 드러나듯 육지가 생겨난다

아버지에게도 생활은 살이고, 노동은 뼈였던 것

서식지를 잃어가는 슬픈 종족

지구의 끝에서 오늘도 허기를 달래고 있다

뼈의 감옥*

새들은 북쪽으로 날아간다 침대 위에는 노란색 유리병이 있다 한 방울씩 몸속으로 액체가 스며들고 잠든 여자는 얼굴을 찡그린다 의사는 거즈로 피를 닦는다 여자가 여린 호흡을 한다 몸속에 쇠붙이 창살이 자란다 살 속의 근육은 살을 파먹고 단단한 뼈들은 기억을 파먹고 몸속에 뿌리를 내린다 새들은 날개를 어깻죽지에 붙이고 죽은 척한다

눈을 뜬 여자의 얼굴이 햇빛보다 하얗다 어제보다 하나 더 창살이 늘었다 희망 없는 시간들이 그녀의 머릿속으로 손을 내민다 자라나는 뼈의 감옥처럼 절망도 자라났다 도시의 언덕은 쓸쓸하고, 새들은 구름 위를 날며 아래를 내려다본다 사람들은 새가 날아가는 방향을 가늠하며 내일을 점친다

누구나 몸속에 자신을 가두는 감옥이 자란다 그것을 숨기려 하지만 기둥까지 감출 수는 없다 감옥을 벗어나려는 몸짓마저 가둔다 촘촘히 늘어난 창살은 한 여자의 생을 통째

로 가둬버린다 자기 몸의 간수가 되어 평생을 죄인 아닌 죄인이 되는 병 그것을 이겨낸 사람들은 새들의 말을 알아듣는다

* 뼈의 감옥: 근육이 뼈가 되는 병.

하늘 엘리베이터

바람 부는 날 나무에 귀를 대면
하늘로 올라가는 엘리베이터 소리 들린다
와이어를 타고 하늘로 올라가는 부동의 몸짓,
육체의 무게를 가볍게 줄이려고 바람이 불 때마다
깨금발을 모은다
지하 가장 깊은 곳에서 퍼올린 수만 볼트의 전류,
나이테는 끝없이 회전하여 전기를 충전하고
톱니바퀴를 돌린다 거대한 쇳덩어리가 하늘로 올라간다
내리는 손님도 없고 정거장도 없다
종착지도 없이 올라간다
수만의 잎들이 손을 흔든다

지상의 것들 비웃으며
목매단 사람의 죽음까지 싣고 수직으로 올라간다
엘리베이터는 멈추지 않는다
달리다가 바퀴 빠져나간 엘리베이터
방전된 엘리베이터, 간간이 보인다

죽어서도 하늘로 오르려는 욕망 놓지 않는다
말라 죽은 엘리베이터에서 윙,
전류가 흐른다

디지털 성경

1

소리 없는 바람이 불어오면
사람들의 몸은 가늘게 흔들린다
채널에 잡히지 않는
주인 잃은 흐느낌 소리
허공에 파다하다

가만히 귀를 열고 들어보면
파,
악
가슴을 뚫고 지나가는 얼음 알갱이 소리

신의 선택을 받겠다고
우주 속으로 모스 부호를 송출한다
사람들이 뒤적거리는 저것은
디지털 성경

2

이제 세상은 사이비 교인들의 것
언제 어디서건 신과 접선되어
지금 여기서 가공할 파워로
내가 테러! 당할 수 있다

조심하라,
워키토키를 품속에 숨기고 있는 자
모두 한통속이다

지구는 광신도의 세상이다

바람의 노래
— 반구대암각화* 1

손으로 그린 그림이 아니다
바람과 구름을 바위에 만들어 넣었다
아이가 어른이 되고, 바람이 되어
다시 강물 소리로 태어난다
울퉁불퉁한 모서리, 빗방울의 오체투지에
둥근 생명이 깃든다
바다에서 태어난 고래들
바위 속으로 헤엄쳐와 살아 있는
암각화가 되었다
돌을 다룰 줄 아는 사람들은 물길을 내고
고래들은 다시 산길을 따라 바다로 나간다
신들은 한 번씩 번개를 데리고 다녀갔다

구름은 구름을 몰고 와서
바위의 등을 두드려주고, 바람은
바람을 몰고 와서 먼지를 실어간다
날카롭던 몸통 뭉툭해지고
세상의 못 볼 것들, 더 이상 못 볼 것이 아니다

햇빛 창 속 세상도 한 폭의 그림

반구대암각화 오늘도 완성되어지고 있다

* 반구대암각화: 언양읍 대곡리에 있는 선사시대 암각화. 국보 285호.

선사인을 따라가다
— 반구대암각화 2

선사인을 따라갔다

암각화 속으로 걸어갔다 고래의 하루는 촉촉하여 바람만이 머물렀다 구름은 늘 멀리 있었고, 손을 뻗으면 닿을 듯 닿지 않았다 사람들은 작살을 들고, 사냥을 하고 있었다 헛된 생각 속에 남은 바람까지 다 날려보냈다 고래는 좀체 바다 위로 솟구쳐오르지 않았다 새벽녘 눈을 뜨면 초승달이 비웃고 있었다 통나무배 위에서 돌아올 고래를 향해 작살을 겨누었다

나는 회색 도시를 유영하는 한 마리 귀신고래였다 바다가 없어도 사는 고래, 물기 없는 겨울바람 속에 나는 자꾸만 건조해져 갔다 이력서를 내는 횟수가 늘어날 때마다, 더 멀리 헤엄쳐갈 수 있을 거라 상상했다 다시 힘찬 물줄기를 뿜어 올릴 싱싱한 허파를 꿈꾸며, 공단거리를 헤엄쳤다 고래가 우는 소리 물결을 타고 날아다녔다 내가 던진 이력서는 세상을 향해 던지는 작살이었다 다시 세상으로 솟구쳐오를 것이라 생각했다 거대한 북의 표면을 뚫고 북채가 튕겨져 올랐다 나는 하늘로

높이 오르고 싶었다 거대한 북채를 향해 나는 작살을 던졌다
달을 향해 함성을 질렀다

암각화 밖으로 나왔다

귀신고래를 부르다
— 반구대암각화 3

장생포 고래박물관 포경선에 박제된
고래 한 마리를 본다
육지를 걸어 다녔던 흔적 없지만
허파는 아가미의 기억 가지고 있다
만지면 숨을 쉴 것 같다

어쩌다가 반구대암각화를 뛰쳐나와
어부들 작살에 잡혔나
캄차카 반도 어디쯤에서 조류를 타고
지금은 어느 바다 귀신이 되어버린

자신의 뿌리, 터전을 버릴 때
다가올 미래는 얼마나 막막한지
바다 밑 심연에는 사람을 잡아먹는
무척추동물이 살고 있고
살아 있는 모든 것들은 헤엄쳐가야 하는 굴레가 있고

암각화 속 고래귀신, 전설에서 살아 나와

지느러미 힘차게 펄럭이며 오리라

도시의 한 마리 고래인 나도, 바닷속 아스팔트로

느릿느릿 헤엄쳐가고 있다

천천히 나의 암각화를 향해

세상 카메라

사람들마다 셔터 소리가 난다
렌즈가 보이는 곳마다 찰칵찰칵
사진기 터지는 소리
눈꺼풀 닫혔다 열리는 소리

빛이 조리개 속으로 빨려 들어가는 소리

조이고 풀어내는 동공의 깊이로
희미해졌다가 밝아지는
세상의 심도
5분의 1초로 찍히는 세상은
슬로우 모션 동영상
500분의 1초로 찍히는 세상은
돌발 영상

찰칵찰칵 지구를 돌리며 찍어대는 소리
세상을 만들어내는 소리

누구나 카메라 한 대씩 화경처럼 이마에 달고
서로 다른 이미지를 만들어내고 있다

제2부

세상을 박음질하다

세상이 푸석거렸다 대지는 마른기침을 해대며 먼지를 토했다 땅의 뿌리는 목이 말라가고 있었다 어디선가 재봉틀 소리 들렸다 두두두, 누가 대지를 두드리나? 경쾌한 피아노 소리, 나무들이 귀를 세운다 바퀴 돌아가는 소리 요란하다 하늘의 박음질이 시작되었다 재봉틀이 돌아간다 하늘에서 꽂히는 긴 바늘이 대지를 꿰매기 시작한다 나풀거리던 나무들이 순식간에 박음질되고, 흔들거리던 바위도 단단히 고정되었다 온 세상이 거대한 박음질이다 자투리 바늘은 개울을 따라 흘러가고 박음질이 끝난 대지에 십자수 뜬다 경지 정리된 화폭에 초록의 그림이 살아나고, 들판을 들고 일어서는 정체불명의 생명체 초록의 붓질이 시작되고, 빨강 노랑 파랑의 주머니를 터트리는 뱀 초록의 혓바닥 날름대며 땅을 핥는다 누구인가, 이렇게 큰 화폭을 한 번에 그려낼 수 있는 자는

땅속을 나는 일

땅속을 날아다니는 일은 무척 신나는 일일 것이다
비행기를 타거나, 자가용을 몰고 하늘을 날아볼 상상을 해보지만
누구도 땅속을 날아다닐 상상을 하진 못하리라
여차하면 빌딩에서 뛰어내려 새들처럼 하늘을 날고 싶을 때도 있지만
누구도 실천으로 옮기는 사람은 드물다
하지만 누구라도 한 번은 땅속을 날아다닐 수 있게 될 것이다
날아다녀야만 한다
지상을 걷는 것은 인간의 길이지만
땅속의 비도(飛道)는 귀신들의 길이다
낙하산을 타고 지상으로 떨어지듯이 누구라도
타임머신을 타고 땅속으로 날아오를 수 있을 것이다
지금도 빌딩 밑으로는 수많은 타임머신이
지상의 인간을 비웃으며 날아다니고 있다
삼 분이면 인간이 도달할 수 없는 가장 밑까지 날아가고,
삼십 분이면 지구의 자궁 속에 도달해 있을 것이다

팔천 도의 온도로 모든 것이 녹아내리고 단 일 초도
견뎌내기 어려울 것이다 그러나
타임머신을 탄 사람들은 이미 귀신이 되었으므로 아무 일 없으리라
땅속은 철 기둥이 엉킨 유폐의 집이다
그곳을 날아다니는 일은 신나고 재미있는 일이다
하지만 아무나 거기에 갈 수는 없다
정해진 순서대로 한 명 한 명
그곳으로 불려갈 것이니

기다려라, 그러면 부를 것이다

별의 소멸

소멸은 시작일까
빅뱅이 일어났던 백삼십칠억 년 전
무한 공간 속 셀 수 없는
행성들이 생성되었다
우리가 지금 보는 별똥별은
수억 년 전 스러져간 행성의 마지막 흔적
화려한 불꽃쇼가 누군가의 죽음이었다니

빛의 속도로 수억 년 달려도 갈 수 없는 곳에
사람을 닮지 않은 외계인이 살고 있을까
집채만 한 망원경으로도 볼 수 없는
은하계 그 어디
어제 죽은 내가 살고 있을지도 모를 일
내 몸의 일부는 떨어지는 별의 잔해물,
육체의 입자는 별과 함께 생을 시작했다
하늘을 우러러보는 것은 숨겨진
유전자의 본성
언젠가 문드러질 살은

다시 우주로 날아갈 것이다

지금도 이름 없는 행성
블랙홀 속으로 사라지고
오늘 밤에도 별이 반짝인다

나무

어쩌자고 뿌리를 내렸던 것일까
도랑물 하나 흐르지 않는 척박한 이곳에
밤이면 들고양이 불 밝히고 무섭게 울어댔다
기다려도 해는 떠오르지 않았고
찬바람만 머리 위로 아슬아슬하게 불어갔다
단단한 자갈 사이 여린 발목은 늘 시렸지만
아련한 물 냄새
뿌리는 지구 속으로 깊이깊이 내려갔다
발돋움으로 보았던 읍내의 건물들
메마른 풍경화 속으로 햇빛은 엷었지만
수직의 상상력, 안테나가 지직거렸다
땅 밑으로 수맥이 흐르고
늘 목이 말랐던 나무는 힘껏 물을 밀어 올렸다
줄기 사이 생기가 돌고 혼자였던 들판도
더 이상 외롭지 않았다
날마다 피리를 불었다
피리 소리를 타고 날아온 풀씨들
돌 틈 사이 작은 꽃망울을 터트렸다

흙바람 속에 피어난 원색의 그림
줄기에 살이 오르고 몸속에 물소리 돌자
잎들이 무성하게 자라났다
가려웠던 겨드랑이 뚫고 줄기가 뻗어 나갔다
쓸쓸한 공간 속에 한 그루 나무 오롯이 솟아올랐다
바람이 불 때마다 이파리에서
색색의 소리가 무수히 쏟아져나왔다
초록색 비가 내렸다

밥무덤*

다랭이 마을에 밥무덤이 있다

손바닥만 한 논뙈기, 식구들 배불리
먹게 해달라고 해마다
밥무덤에 하얀 쌀밥을 묻는다
무덤이 넙죽 밥을 받아먹는다

나도 나에게 매일 밥을 올린다
솥무덤에서 지은 밥
숟가락무덤으로 퍼서
나에게 먹인다
내가 무덤이다
무덤이 밥을 먹고 자란다

구멍 속으로 들어간 양식들
다시 세상에 뿌려진다
날 닮은 인간, 얄팍한 지식
내가 싼 똥

다 무덤에서 나왔다

오늘도 집무덤으로 퇴근한다

* 밥무덤: 남해 다랭이 마을에서는 매년 밥무덤에 제사를 올린다.

오어사(吾魚寺)*

사람은 본래 물고기였다
아가미가 닫히고, 허파가 생겨났다
손가락이, 팔이 돋아났다

신의 계시는 망각되고
거짓만 남았다

직립을 하자
하늘은 낮아졌고, 신과
동격이 되었다

잉어 한 마리 날아올랐다
스님은 물고기를 환생시켰다

연못 속에 지어진 절 한 채
천 년을 견디고,
물고기의 집이 되었다

* 오어사: 포항시 오천읍 운제산에 위치. 원효와 혜공의 설화가 있는 절.

집의 뿌리 1

산이 안개 기지개를 켜는 새벽, 아파트가 하나둘 골목길로 걸어 나온다 밤새 꿈의 폭죽을 쏘아 올리던 달동네 사람들, 별들은 어젯밤에도 무심한 얼굴이었나 잠 덜 깬 새벽 별들의 발걸음이 길을 더듬는다 한때 나무의 뿌리가 무성했던 그들의 발밑으로 집들의 뿌리가 단단하게 박혀 있다 집으로 오르는 경사가 높아질수록 뿌리는 더욱 견고해진다 위태로운 기울기에서도 어깨를 맞대고 서로에게 마음을 의지한다

산을 깎아내고 길을 만들고 새 얼굴이 하나둘 세상에 태어난다 옥상에는 밤새 검정고양이들이 안테나에 기분 나쁜 울음을 송신한다 하나둘 유선이 늘어날수록 그들의 꿈은 방송국에 저당 잡힌다 오늘 새벽 한 사람이 목에 낡은 장롱과 가재도구들을 매고 이 골목을 떠났다 밤새 부부가 다투는 소리 벽을 건너 이웃으로 전해졌지만 누구도 얼굴을 내밀지 않았다 목을 맨 것인지, 매단 것인지

오늘도 트럭은 새 희망을 한 짐 가득 실어왔지만 적막만 가득 채워 도시를 떠나갔다 뒷산 나무는 산안개를 피워올리고

집의 뿌리 2

1

사내의 온몸은 완전히 닫혀 있었다
트럭은 그를 빈틈없이 압착시키며
목을 조이고 있었다
기계의 아가리에서
유토피아를 꿈꾸었을 사내
타임머신은 그의 밥줄이었지만
지금은 영원의 시간 속으로 공간 이동
그는 지상에서 끝내 밥의 무게를 감당하지 못했다

2

삼촌은 봉고트럭에 과일을 싣고 달렸다
생의 추월선을 넘어온 트레일러는
삼촌의 짧은 삶을 밀어버렸다
삼촌의 몸은 셔터를 내렸다
트럭에 끼인 생의 계기판은 겨우 오십에도 못 미처 있었고
삼 남매는 삼촌이 남긴 시간의 눈금에 끼여 있었다

3

나는 오늘도 집을 열고 나와서 다시 들어간다

집의 뿌리 3
— 섬나라 투발루*

물속으로 잠기는 나라가 있다
소금기에 나무가 말라죽어 간다
수십억 년 등불 켠 태양
은하계를 모두 밝히겠다는 듯
촉수를 올린다
지구가 점점 뜨거워지고 있다
빙하가 잠을 깨고 바닷물이 차오른다
소금물은 슬픔을 집어삼키는 종족
눈물은 한 사람의 생을 통째로 수장시킬 수 있다

밤중에 문득 일어나
세상의 허방 속으로 무너져내릴 것 같은
느낌이 든 적 있다
잠은 어디에도 뿌리내리지 못한다
뿌리내리지 못한 섬이 파도에 휩쓸린다
뿌리내리지 못한 한 사람의 생이
섬처럼 외롭다
바위가 위태로운 경사에도

굴러내리지 않고 단단히 고정되어 있는 건

땅속 깊이 뿌리를 내리고 있기 때문

차오르는 바다를 어찌할 수 없어

서서히 지도에서 섬이 사라지고 있다

* 투발루: 지구온난화로 섬나라 전체가 바다에 잠기고 있다.

섬진강 기갑사단

1

탱크를 보았다

새벽녘, 기갑사단

강물을 끌고 내려오고 있었다

집게발 포신 치켜세우고

팡 팡 물대포를 쏘며

머리통 내밀어 눈알 부라렸다

각진 등딱지에 달린 철갑 이빨은

오래전 시간을 더듬어

물컹물컹 씹고 있다

야성의 긴장으로

집게발 사이 까맣게 자란 무쇠털이

빳빳하게 솟아올랐다

털게는 태초의 민물을 찾아

논둑을 타 넘고 바위에 부딪히며

여기에 이르렀을 것이다

담금질했을 바다의 기억,

날카롭게 벼려

민물의 전차가 되었으리

2

전차는 통발 속으로 전진해왔다
밧줄을 끊어놓으려는 듯
집게발 가위 쩔겅쩔겅 내리쳤다
구럭 속 앞발을 벌리고
절망의 강판 물어뜯어
하늘 자락을 동강내고 있었다
한 녀석과 눈이 딱, 마주쳤을 때
나는 슬며시 구럭을 강물 속에 내려놓고
붉어지는 앞산을 오래오래 바라보았다

펭귄

펭귄이었다
어머니는

남극의 거대한 얼음 성을 점령한 펭귄 군단이 원을 그린다 서로의 살을 기둥 삼아 천천히 뒷줄로 넘어간다 혹한을 견디는 갈퀴발의 작은 온기 하나가 죽음의 문턱을 막아준다 겨우내 먹지도 자지도 않고 돌고 도는 펭귄 군단

고무옷으로 무장한 동민들 당그래 하나씩
총처럼 메고 섬진강을 점령하였다
전투명은 재첩대전
드르륵드르륵 당그래로 포섭하여
키질을 하였다

얼음이 녹으면 어미 펭귄들 뒤뚱뒤뚱 바다로 떠난다 남극의 눈보라를 몸으로 견뎌내며 아빠 펭귄이 알을 품는다 원형의 굴레 속에서 발톱 하나까지 섬세해지는 새끼들 부성애는 강철 바람을 뚫고 얼음 위에 따뜻한 깃털 집이 된다 잠든 아가

들 꼼지락대는 연약한 날개는 세상을 헤엄쳐 건너고 있는 중

강물이 석양 이불을 덮었다
전투가 끝난 생의 전쟁터
전리품을 챙긴 늙은 펭귄들
뒤뚱뒤뚱 집으로 갔다

나무 짐승

육식성이다
썩어가는 살코기 부드럽게 빨아먹는다
단단한 뼈다귀 뿌리로 감싸 안아
서서히 분해시킨다
흐물흐물 녹아내리는 뼈들

관뚜껑을 열고
나무의 흰 혓바닥, 주검을 발라먹고 있다
부서져 내린 관 주위로
구더기들 버글버글
할아버지는 나무의 밥이 되셨다

밤이면 육지를 걸어 다니는 미루나무
비 오는 저녁, 동네 처녀가
나무에게 겁탈당했다
미루나무에 목을 매고 자살한 처자
나무는 그녀를 삼켜버렸다

성자처럼 하늘을 향해 서 있는 듯하지만
지하의 검은 귀신에게 머리를 묻고 있는
나무를 조심하라!

복스 마리스*

시멘트 폐창고에서 뱃고동이 울린다

진공 파이프를 따라
꽃이 피어났다
팔십 개의 꽃잎이 하늘로 펴져나갔다

어떤 소리는 우리를 눈멀게 한다
한 남자의 소리에 빠져
평생을 후회한 적 있다
마음까지 멀게 하는

꽃잎 떨어지는 소리에
땅에 기대어 사는 작은 생명들이
귀를 열고 있다
벌레들이 분주히 움직이고
흙이 가만히 몸으로 감싼다

소리에 상처 입은 사람들이

거리를 떠도는 밤
달이 날카로운 각을 세운다
마음이 베인 것들은
작은 슬픔에도 눈썹이 떨린다

낮은 목소리를 가진 남자의
굵은 목울대에 검은 반점이 있다

* 복스 마리스(Vox Maris): 여수에 있는 세계 최대 파이프 오르간.

소

대로 한복판에 소가 누워 있다
달리는 자동차 속 사람들을 보고 있다
걸어가는 사람들을 꼬리로 툭툭 친다
지긋이 눈을 감았다가 다시 껌뻑껌뻑
물끄러미 넘겨다본다
골목 사이로 바삐 사람들이 간다
차들이 빵빵대며 달려간다
인디아 사람도 서양 사람도, 나도 지나간다
지나가며 소를 바라본다
소똥 냄새를 피할 수 없어 코를 싸쥐고 본다
소는 가끔씩 일어나 똥을 싸고, 지린 오줌도 아스팔트에 싼다
똥과 오줌이 섞여 아스팔트를 적신다
사람들이 그걸 밟으며 지나간다
차들도 빵빵대며 소를 피해 달린다
해가 지고 달이 떠도 소는 여전히 드러누워 있다

제3부

즐거운 죽음

상주가 울음을 멈추고
장단 맞추어 어깨춤 춘다
아이고, 아부지 이제 가면 언제 오시나
한평생 사시느라 진하게 고생하셨소
편안히 저세상으로 가시오

백발의 살아 있는 사내
영원히 가고 있는, 없는 사내를 위해
판소리 장단 어깨춤을 춘다
덩실덩실 촛불의 장단에 관이 춤을 춘다
이제야 무거운 육신 내려놓게 되었다고
가볍게, 아주 가벼운 걸음 떼어놓고 있다

잘 가시라고
한세상 사시느라 고생하셨다고
남은 사람들 위로의 축제 벌인다
즐거운 죽음이다
남해 땅끝 어느 마을
온통 축제다

여수, 여수

1

남쪽으로 떠났다
열차가 나를 끌고 왔다
마음에는 어둠뿐이다
이 도시에 왜 내렸는지,
마음은 여수(旅愁)에 지쳐 여수(麗水)에 내렸다
이 동네에 하멜*이 살고 있다
바다가 눈을 떴다
창녀 같은 등대
내 속에 남아 있던 마지막 등불이 켜졌다

2

마지막은 늘 그렇게 온다
세상을 향해 나를 다 퍼부어도 꿈쩍하지 않는다
자정이 넘은 낯선 도시의 골목길 뚜벅뚜벅 걷다 보면
나는 우주인이 아닐까 하는 생각이 든다
내가 뱉어내는 말들은
오십만 광년 너머 우주인의 언어
지구는 안녕하지만 나는 늘 안녕하지 못하다

도망치듯 지구의 끝으로 떠나왔고,
끝에 서 있다
처음 착륙했을 때도 그랬다
나는 우주를 헤매고 있었고,
어디로 뛰어내릴까 고민했었다
누군가 나를 불렀고, 지구로 뛰어내렸다

3

여수가 나를 불렀다
나는 이미 태생 이전 이곳에 왔었다
여수는 작부들의 동네다
이제 낯선 여인숙에 묵을 것이다
오늘 밤만 세상을 버릴 것이다
지구에 처음 올 때 울고 있었지만,
지구를 떠날 때는 울지 않을 것이다
손때 절은 이불을 덮고
꿈속에서 하멜을 만날 것이다

* 하멜: 13년간 조선에 억류되었다가 여수에서 탈출, 네덜란드로 돌아갔다.

고비에서 새끼를 낳다

낙타가 무리를 떠나는 건
새끼를 낳기 위함이다
늑대들이 설치는 살벌한 고비의 밤,
모래 먼지 땅바닥 출산을 하고
태반을 먹어치우는 어미

저녁은 불온한 바람을 몰아오고
새끼의 여린 살갗이 베인다
어미는 우우 울부짖으며 새끼를 감싼다

새끼에게 젖을 물리지 않는다
늑대의 새끼인지,
피 냄새가 섞여서인지

낙타의 목에 마두금을 건다
바람은 슬픈 주술의 노래를 연주하고
사막에 어미와 새끼만 남는다

바람이 마두금 줄을 뜯는다

우 우 우 잉

마두금 소리에 어미 낙타가

눈물을 흘린다

새끼에게 젖을 물린다

우주 TV

빛들은 사선을 그으며 스러진다
거대한 천체 브라운관 속 반짝이는 별들
몇억 겁의 광선 속에
수많은 이름들이 빛을 잃고, 다시 별이 되었다
인간들은 밤마다 우주 TV를 시청하며
채널을 고정하였다
별들의 쇼는 한 생애가 지도록 계속되었고
신의 호출을 받은 영상은
빛의 꼬리를 남기고 사라져갔다

오늘 밤 나무에 플러그를 꽂고
줄기 안테나에 수신된
별들의 광도를 측정해보라
어떤 빛은 스러져가는 중일 것이고,
어떤 빛은 불을 밝히는 중이리라

플러그를 빼도 꺼지지 않는
소리 나는 별 하나 있을 것이다

약산도 염소

탄력 좋은 축구공이다
약산도 염소는
가파른 절벽 사이 잘 튕겨 오른다
까만 축구공이 통통통
바위 사이 굴러다닌다
뒤쫓아보아도 잡을 수 없다
절벽 위에서
까만 눈동자 빤히 내려다보고 있다
도도한,

게릴라로 나타났다가
벼랑 위로 사라지는 저놈들
삼지구엽초 혓바닥까지 까만
저놈들을 잡는 방법은
사냥총으로 일격을 가해야 한다는데

총알을 피해 벼랑 아래로
자살하는 놈들은
끝내 찾을 수 없다는데

죽방 멸치*

1

대나무 통발이 손발을 내리고
퍼들퍼들 사금을 걸러낸다
촘촘히 어깨 맞댄 대나무 올가미 사이로
한쪽 귀퉁이가 썩어내린 녀석
여름 내내 밀물과 썰물의 흐름 속에
자신의 몸 던져놓는다
문드러진 살점을 파도가 파먹고 있다
소금 버짐들이 켜켜이 엉겨
짠물에 심장까지 쪼그라든 몸뚱아리를
서로의 몸으로 버텨내며
멸치가 들어오기를 내내 기다렸을 터이다
자신의 몸이 썩어내리는 줄도 모르고

2

저물 무렵, 통발을 걷어 올리시는
아버지의 손은 언제나 가늘게 떨렸다

짧은 한 쪽 다리로 서서 몸을 비트실 때마다

기우뚱, 한쪽으로 기우는 바다

내 가슴도 흔들렸다

통발 한쪽이 그렇게 썩어가듯이

아버지의 가슴 한쪽도 기울고 있었다

* 죽방 멸치: 대나무 통발로 잡는 멸치.

눈물샘

눈물은 마르지 않는다
바람이 불어도 마르지 않는다
본능적으로 쏟아지는 강줄기
가슴 밑바닥 숨겨져 있는
태생 이전의 생명
유전자 깊이 박혀 있다

퇴화된 아가미의 기억
뼛속 깊은 곳 가지고 있다
몸이 절망을 느낄 때
온몸 퍼덕인다

흐르는 저 강물
누가 막을 수 있나

저 작은 샘 마르지 않는다

죽방렴

저것은 언제부터 하늘 한가운데 버티고 서 있었나 천 년이 넘었다는 저 놈은 사철 짠물에 당당히 서 있다 지족해협, 그곳에 삼각살 그물이 펼쳐져 있고, 원형의 불통이 있다 썰물에 쓸려온 멸어(蔑魚)들을 가두어 그물로 건져내는

참나무 말목은 갯벌에 천 년 동안 박혀 있다 대(代)가 몇 번 바뀌었는지, 아무도 알지 못한다 천 년 전의 사람들 오늘도 살고 있고, 내일도 살고 있을 것이고 대나무발 촘촘히 바다에 내리고 달빛도 잡고

걱정 많은 밤에는 파도가 비바람을 몰고 왔다 섬들이 둥둥 떠내려가고, 날 비린내 종일 불어오는 나날 죽방렴도 한 마리 거대한 물고기였다 밤새 번개가 치고, 태풍이 지나갔지만

다시 천 년이 흘렀다

철탑에 집을 지은 새

철탑 위 집은 위태롭다
까치 두 마리 비닐 천막으로 집을 지었다
철기둥 위로 일만 오천 볼트 특고압이 윙윙거리고
땅에서는 날아오를 수 없어
철탑에 집을 지었다
높은 곳에서 내려다보면 다 같은 새인데
하늘 한 번 날지 못하는 새보다 못한 사람인데

하늘에는 신이 있고,
땅에는 신을 만드는 사람이 있다
법은
만인 앞에 있을 뿐이다
바람이 불면 집은 흔들린다
땅에서 모든 것은 흔들린다
붉은 머리띠를 매고 주먹을 불끈 쥐면
세상이 흔들리고, 빌딩이 흔들리고

누가 새 아닌 새라고 말할 수 있나

사람 아닌 사람이라고 말할 수 있나
높은 데서 내려다보면 세상은 그 자리인데
세상의 상처도 그대로인데
빌딩 밑 음지를 옮겨 집을 짓고
스스로 새가 된 사람들

하늘을 날아올라 새가 되어야만
새가 있다는 것을 안다
부지런히 집을 짓는 새들
희망이 부활할 때까지 알을 품는 새들

새벽시장

키를 꽂으면 부르르 몸을 떤다
하품을 하며 일어나는 바퀴 달린 코뿔소
사내는 엑셀러레이터를 깊이 밟는다
드문드문 불 켜진 아파트
주차장을 빠져나오는 사내와 여자의 실루엣
어둠 속 고양이 청소부의 빗자루를 툭툭, 건드리는 사이
간밤의 오물자국 바퀴에 눌려 흩어진다
골목길이 급히 허리를 휠 때마다
조수석 여자가 자리를 고쳐 앉는다
뒤로 젖힌 그녀의 얼굴에
선잠이 머리칼처럼 흘러내린다
사내는 여자를 돌아보고 잠시 웃는다
저들이 살아왔던 길들도 저렇게 급커브였을까
수금되지 않던 단풍잎,
밤이 되면 안방까지 점령하던 빚쟁이
이삿짐을 꾸리던 그날 밤도
골목길은 휘어져 있었다

새벽 야채시장, 밤새 달려왔을 초록의 잎들이
사내의 트럭으로 옮겨진다
아무렇게나 던져 넣어도 척척 자리를 잡고 정좌하는 배추들
부부도 세월에 채여 이리저리 떠돌면 저리 될까
이제는 그들도 트럭에 오를 때마다
때 묻은 자리에 편안히 앉을 수 있다
사는 것은 자리 하나 제대로 잡는 것
코뿔소가 푸푸거리며 야채시장을 돌아
도시를 향해 코뿔을 세운다

경륜

달리는 것들은 끝없이 달리려 한다
탱탱한 자전거 바퀴 위
근육질의 다리통
달리는 것은 자전거인데
관중들이 뛰고 있다
트랙을 따라 기차처럼 내달리는
바퀴살 자꾸 헛돈다
참 많이 삶의 비포장도로를 뛰어왔을 관중들
누구는 고속도로로, 누구는 국도로
내달렸을 테지만
길은 언제나 저들을 내버려 두고 달려가 버렸을 터
결승선에 들어설 때마다
쓸쓸한 순위에 묻혀버렸을 청춘의 푸른 꿈
한 무리의 사람들 티켓을 찢어 버리며
– 에이 씨팔, 저 새끼 안 찍는 건데
오늘 또 하루 종일 달린 사람들
이제는 더 이상 달릴 힘이 없어
하나둘 낙오하는 힘 빠진 중년들

말라버린 김밥을 꺼내놓고

막걸리 한 잔 속으로 저무는 하루

선수들이 빠져나간 운동장에

늦가을 햇볕 썰렁하다

한 번 뒤쳐지면 추월하는 것이

얼마나 힘든 것인지,

저들은 누구보다 잘 알고 있다

근대 문화 역사 거리*

근대 거리로 불리는 골목
양철집에 아홉 마리 용이 살고 있다
비가 오는 날이면 지붕에 붉은 빗물이 흘렀다
해방과 더불어 흩어진 마을
나라가 뒤집어지고 집안이 풍비박산 나던 시절
켜켜이 쌓인 골목에는
먼지 묻은 이무기의 전설이 떠돌고 있다

양복을 입고 주인 행세하던 대머리 사내의
자식들, 검정색 세단을 몰고 다녔다
사람의 손으로 지어진 집의 뼈대는 쉽게 무너지지 않았다
뒤틀려진 창문으로 바닷바람이 웅웅대고,
다시 현해탄으로 불어갔다
형체 있는 모든 것들은 소멸을 피해갈 수 없다
형체 없는 바람만 모습을 바꾸어
불어오고, 갔다

폭우가 쏟아지는 밤

텔레비전 속에는 친일행적의 뉴스가 타전되었다

오랫동안 외부에 알려지지 않던 마을

일본 사람들도 배를 타고 건너 왔다

해일이 마을을 덮치던 밤

용이 승천하였다

* 근대 문화 역사 거리: 포항시 구룡포읍에 복원된 일제강점기 일본인 마을.

공단마을 사람들

출퇴근이 교차하는 공단 사거리, 엎드린 걸인 유행가를 풀어놓는다 행인들이 던져넣는 동전 호주머니에 넣으며 다시 뽕짝을 부른다 한 시절 지구를 받쳤을 그의 없는 다리 관절 사이로 바람이 불어오고 한 끼 식사를 위해, 주린 식구들을 위해 가장의 슬픈 눈빛 사이로 영화 필름이 돌아간다

길 건너편 공업사 간판 밑 녹슨 지게차 한 대 서 있다 한때는 들배지기로 공장의 쇠붙이들 휘뜩휘뜩 들고 놓았을 완강한 근육질의 팔다리 이제 불어터진 힘줄 사이로 묽은 폐유가 노병의 눈물처럼 흘러내린다 오랜 기간 혈액 뜨겁게 펌프질 해댔을 멈춰버린 심장, 그 위로 노을 한자락 종생을 고하고 있다 펑크 난 피스톤의 내장에서는 오래된 기억들이 폐유와 뒤섞여 썩어가고 밤이 되면 들고양이들 차체를 갉아대어 타이어 밑으로 뼛가루가 하얗다

야근 들어가는 노동자들 지친 걸음으로 횡단보도를 건너오고 신호등이 그들의 뒤에서 눈알을 깜빡인다 내려다보면 발

아래 세속 도시 야경, 눈부시다 골목길이 손잡고 기다리는 삼거리 지나 집집마다 낮은 음의 불 밝힌 골목길을 걸으면 목숨을 눕힐 두세 평의 방, 마음이 먼저 눕는다

계단론

1

집이 산으로 올라간다
녀석들의 허리 어깨를 믿고

달동네 지나
뒷산 봉우리까지 올라간 집도 있다
올라가기만 하면 척척
어깨를 갖다 대는 기특한 것들

다시 집들이 내려오거나
사람들이 올라갈 적에도
순순히 넓은 어깨를 내어준다

2

한번올라간사람이좀체내려오지않을때도있다그런사람은누군가의어깨에매달려내려오기도한다따각따각발자국소리가어깨에찍힐때마다사람의몸무게를사람의발놀림을받아준다

그를 비웃는 땅 아래 녀석들이

고속승진으로 하늘을 오르내리기도 하지만,

오늘도 누군가의 지친 발목을 단단히 받쳐 일으켜준다

제4부

사우나탕을 건너는 낙타

낙타가 물장구를 친다 뿜어져 나오는 물길에 굽은 등 대고 철벅철벅 물을 튕기고 있다 그의 얼굴에 살아온 날들의 주름진 근심이 씻겨져 내린다 탕 속에 몸을 담그고 지긋이 눈을 감는 한 마리 낙타 단단하게 뭉쳐져 있는 단봉의 척추, 그 안에 숨겨져 있을 생의 온갖 신산과 고통이 열탕 속에 녹아내리고 있다

뜨거운 물 틀어도 될까요 물속을 헤엄쳐 건너오는 낙타, 밸브를 돌려놓고 가는 그의 등 뒤로 뜨거운 수증기가 열사처럼 피어오른다 사람들의 시선이 무거운지 잠시 뒤뚱거리는 낙타, 탕 속의 온도가 올라갈수록 그의 몸은 가벼이 떠오르고 있다

벌레의 집

벌레들의 집이 가득하다
계곡이나 숲 속, 땅 밑 어디에나
사람들이 모르는 울음소리 파다하다

도롱이벌레는 도롱이를 걸치고
한겨울 나뭇가지에 매달려 좌선하고 있다
호리병벌은 수억만 년 전부터 황토로 웰빙집을 짓고

땅 밑에는 수많은 길의 숨통이 뚫려 있다
개미들의 집이거나, 지렁이의 집이거나

인간들은 도회지에 콘크리트를 쌓아 올린다
해 지면 도시의 불빛 밑으로
하루살이로 몰려드는 노숙자들,
싸늘한 철구조물 안에 폐허처럼 몸을 웅크린다

벌레들은 오늘도 제 몸으로 집을 짓는다

낮은 지뢰

언제 튀어 오를지 모른다
낮게 엎드려 있는 것들은
쭉쭉빵빵 뻗어 오르는 빌딩 숲 건너
뒷산에 눌려 있는 판잣집 서너 채
쥐 죽은 듯 웅크려 있지만
바람이 불 때마다 갈기 휘날린다
언젠가 저놈들 푸른 수컷이 되어
탱크처럼 우웅거리며 허우대만 껑충한
아파트를 무너뜨릴지 모른다

없는 사람들은 다시 아래로
내려가고 싶어 하는데,
더 이상 올라갈 곳 없어
하늘로 날아오를 때
누구도 그 힘 막지 못한다
세상도 그놈들 어쩌지 못한다
낮은 것들은 언제 폭발할지 모르는 지뢰다

겨울의 섬

녹슨 양철대문을 밀치면
굶주린 고양이처럼 바싹 마른 노인네가 있다
천정을 바라보는 눈에는 초점이 없다
방구들에 온기가 묻었던 것이 언제일까
양말을 타고 오르는 냉기가 머리까지 올라온다
발을 옮길 때마다 발자국이 얼음으로 찍힌다

먼지에 쌓여 뒹구는 액자 하나
젊은 부부와 웃고 있는 소년
그들은 한때 이 집의 기둥이었을 것이다
병든 노인에게 그들은 흑백 필름으로 남아 있을 것이다
곰팡이가 슬어 벽지들은 손만 대면 허물어져 내린다
벽을 두드리면 혹시,
집이 무너져내리는 건 아닐까

벽이 만나는 모서리에 도배지를 접어 넣고
손바닥으로 훑어내리면
모난 모서리도 몸을 낮춘다

끝의 결을 맞추어 도배를 해나가다 보면
어느새 섬 하나가 다가온다
일월의 겨울, 섬에는 꽃망울이 피어난다

노인이 그 꽃을 보고 뭐라고 말문을 연다
섬 속으로 흩어진다

열차는 달립니다

그는 새벽이면 도시 하나를 몰고 갔다 어둠 속에 조용히 잠든 집, 숨소리를 내는 지붕이 낮은 건물들 새벽의 도시는 한 마리 순한 염소, 기장 일광 좌천 같은 이름 없는 작은 역들을 스쳐 지나가고, 사람들은 오늘의 좌표를 찾아 타고 내린다 이십 년 전에도 모두들 어디론가 떠나고 돌아왔지만 그는 여전히 열차에 있다 직함이 늘었을 뿐, 서울로 가는 완행열차는 그의 오랜 직장이다

정거장 하나를 지날 때마다 두 갈래로 나누어지는 철로, 하나의 철로를 버리고 기차는 달리고, 세월도 그런 것이다 길은 열려 있지만, 그 길을 갈 수는 없다 지나온 길을 돌아볼 뿐, 창밖의 풍경에 기대어 길을 찾고 있을 뿐,

열차는 그런 것이다

연꽃 씨앗

저주다
천 년의 자물쇠 채워진
단단한 돌 속
빛을 피워 올리는 긴
긴 꿈틀거림
네가 깨어나는 날,
이 땅 모든 잡귀들이
사라질 것이다
피어나라
눈 한 번 깜빡이는 사이
천 번의 겨울이 지나가고
그때는
다른 나로
다시 나타날 것이려니,

신기료 장수 길을 꿰매다

오늘도 상처 난 길들 꿰매고 있다
시내버스 정거장 한켠 신기료 장수
앉은뱅이 의자 위에 하루의 굽은 등 묶어두고
때 전 공구통 연장들이
살아온 날들처럼 어지럽게 널려 있다
바늘에서 길을 뽑아 올리는
그의 부지런한 손길
상처 난 신발의 아픈 부위가 하나씩 아물어간다
사십 년 고단한 얼룩의 날들,
그의 손을 거쳐
다시 새 길을 걸어간 수많은 사람들의 길
튼튼하게 박음질 된 새 길을 따라 걸어간 사람들은
지금도 편안히 가고 있을까

골목길을 따라 평생을 떠돈
낡은 신발의 길
꿰매주지 못한 그의 상처 난 길들
이제 골목 뒤켠으로 밀려나 있다

간간이 그의 얼굴을 기억하는 사람들만
소문처럼 찾아주는
아직도 구멍 난 길들의
수소문이 수군거리고 있다

귀신나무*

1

해가 지면 귀신들이 설쳐댄다
낮 동안 열어두었던 잎사귀
스르륵 눈을 닫고 기괴한 모습으로 춤춘다
뿌리를 털고 일어나 아래위 동네 돌아다니며
이 집 저 집 해코지를 한다
가지가 피워낸 자잘한 꽃잎들은
바람이 불 때마다 풀풀 기침을 하며
미친 머리카락들을 풀어놓는다
심약한 사람들의 가슴에 들어앉아
야금야금 집안을 뒤집어놓는 저 귀신의 떼거지
외갓집 문전에는 늘 잡귀들이
음산한 기운을 몰고 돌아다닌다

2

외할머니가돌아가셨다칠십평생실성한삶을사시고트럭에받혀외할아버지곁으로가셨다외할아버지젊어서병사하시고쑥대

밭이된집안자식들장성하여그만그만하게들살았지만큰외숙모
출산하시다돌아가시고그자식오토바이사고로이십칠년생짧게
마감하였다우환만늘어가는외가

햇빛 쨍한 날 외숙부
톱으로 쟁강쟁강 귀신을 토막 내고 있다

* 귀신나무: 자귀나무.

시골장터에 녹슨 대포 터진다

시골장터에 대포의 굉음이 지축을 울린다
뻥,
화약 연기 사이로 어지러운 파편들
포수는 뻥 튀겨진 탄환들을 자루에 담는다
싸르르 총알들이 몸뚱어리를 부딪힌다
저 총알들은 누구의 목구멍으로 발사될까
대포가 터질 때마다
영감의 주머니가 희망처럼 부풀어 오른다
뻥뻥 터지는 오포 소리

빵빵해진 대포를 발사하려고
쇠꼬챙이를 잡아당길 때마다
오십 년 뻥쟁이의 날들이 한꺼번에 산화한다
녹슨 기계는 장작 조각으로 낡아갔지만
아직도 그는 장작불로 대포를 쏘아 올린다
포수의 손끝 오래전 기억

마음보다 더 깊이깊이 뺑 튀겨내고 있다

오늘도 시장에서는
녹슨 생의 대포가 터지고 있다

옥수수 하모니카

1

계곡으로 불어오는 바람이
등줄기 꺾는 소리를 낸다
바위를 뚫고 협곡으로 휘어져 오는

구석으로 몰리는 것들은
마지막 몸져눕는 소리를 낸다

우우 우는 소리

2

어릴 적 옥수수 하모니카로
아버지의 음계를 불러댔다

무　　아
　능　　버
　　한　　지

옥수수를 먹으며

다시 아버지를 노래한다

아

부

지,

건넌방에서 아들놈이

나의 하모니카를 불고 있다

톱

아픈 것들은 소리를 낸다

벼리고 갈아

날 선 아픔이 설움을 비워낸다

나무가 썰린다

시린 기억은 톱질에도 잘리지 않는다

날 하나 세우기 위해 부단히 살았고

아들의 날을 세워주기 위해

온몸 던져 살아낸,

무너지지 않는 새 집

아무도 부럽지 않을

흙집

아무도 사가지 않을

그 터에 있던 매실나무를 벤다

번뜩이는 시퍼런 톱날이

사정없이 나를 벤다

이제는 톱날 세워 줄 사람 없는 쇠붙이

챙챙 소리를 낸다

톱을 놓고 고향을 떠나올 때
쇠가 우는 소리를 들었다

쟁기질은 멈추지 않는다

아버지가 넘어지셨다
경지 정리가 끝나지 않은 돌밭
숨겨진 돌부리의 이빨에 허리 잘린 보습날
검붉은 녹물이 수두두 떨어진다
머리를 처박고 쓰러져버린 경운기
아버지의 어깨에
봄바람이 머물러 있다
회전을 멈추어버린 심장 플라이휠
마지막 펌프질을 꿈꾼 흔적
논바닥에 각인되어 있다
아버지는 죽어가는 기계 소를
일으키려 애쓰시지만
숨을 놓아버린 문명의 가축
깨어날 줄 모른다
손짓하는 아버지의 모습이
착한 소를 닮아 있다

국도에서 김밥을 사다

사내의 눈빛은 한겨울이다
차창으로 건네받은 이천 원짜리 김밥,
그의 손은 얼어 있다
추위를 녹이기에는 깡통 속 장작불의 화력이
너무 적은 탓일까
잠바에 새겨진, H자동차
지금 내 밥줄이기도 한 삶터

(한때 공장 어디에선가 동료였을지도 모르는 저 등 굽은 사내)

구조조정 되었을 김밥 장수 덕분에
오늘도 나는 하루치의 삶을 사들이고 있다
쪼그려 앉아 깡통 불에 손을 쬐는
오십 대의 스산한 넋의 풍경이
백미러에 박혀 들어온다

느리게 휘어지는 국도가
오늘따라 아득히 길게 느껴진다

상추밭

갈아엎어 버리고 싶은 시절은 묵정밭 같다
초록을 초록으로 알지 못하는 시대
쑥부쟁이처럼 키만 자란다

노동(勞動)이 노동(怒動)되는 세상
얼마나 부끄러운가

엄마는 갈아엎어야 한다며
금방이라도 괭이를 잡을 심산이다
멀대처럼 키만 크고 두꺼워진 상추 잎은
노동 현장에 투입된 공권력처럼 거칠다
초록도 스크럼을 짜면 무섭다
공장 안으로 경찰이 투입된다는 소문은 번지는 속도가 빠르다

그만 노동운동 엎어버리라고 하시던
아버지도 안 계시고

햇빛이 총파업 중인 봄날이다

머잖아 봄날이 짙어지면 잡초는
파업 중인 현장으로 나서는 선배처럼 드세질 것이다
경운기에 쟁기를 싣고 시동을 걸어야겠다

비정규직 · 초승달

뱃가죽처럼 홀쭉하다

낫을 품고 있구나

만월이 되어 웃을 때까지

얼마나 오래

외로운 저 철탑에 걸려 있어야 하나

■ 해설

우주라는 이름의 3층 건물

고봉준

1

정연홍의 시는 견고한 아날로지의 세계를 구축하고 있다. 그의 시편들은 지상의 현실적인 삶에 깊은 관심과 애정을 표현하고 있지만, 그 이면에는 근원적인 시공간과의 연속성의 감각이 내재되어 있다. '우주'는 이 근원적인 시공간의 이름이다. 정연홍의 시에서 시적 아날로지는 지상의 모든 존재들이 그 세계와 연결되어 있다는 증거이다. 문명적 삶의 비극성과 유한성을 배경으로 삶과 죽음, 가난과 고통, 개인적인 것과 시대적인 것을 직조하는 것이 그의 시적 특징이지만, 이러한 현상적 세계의 이면에는 문명적인 것과 도시적인 것으로 압축되는 근대의 시공간을 거스르는 우주적 세계에 대한 비전이 집약되어 있다. 이 거대한 아날로지의 세계에서 시인을 포함한 모든 인간 존재는 잠재적으로 우주적인 질서에 속하며, 비(非)가시적인 우주적 질서와의 연속성은 유한성의 세계에 포박되어 있는 우리들 삶의 원천이 된다. 삶과 죽음을 우주적 리듬에 따른 원환적, 순환적 질서의 일부로 이해하는 "아이가 어른이 되고, 바람이 되어/다시 강물 소리로 태어난다"(「바람의 노래」) 같은 진술에서는 그 연속성이 분명히 확인된다. 하지만 우리의 세속적 삶에서 이러한 연속성은 거의 확인되지 않거나 부정된다. 그리하여 정연홍의 시는 지상에서 개별적으로 존재하는 모든 것들을 아날로지의 질서 속에서 하나로 연결시킴으로써 지상의 세계와 천상의 세계가 연결되어 있음을 환기한다.

한 시인의 시세계에서 구체적인 발화의 내용보다 선차적인 것은 세계를 대하는 태도와 상상력의 문법이다. 시적 태도와 상상력의 문법은 시인이 세계를 이해하고 감각하는 근본적인 질서에 속한다. 이런 맥락에서 우리는 정연홍의 시에서 두 가지에 주목해야 한다. 하나는 그의 시선이 시인 자신의 내면보다 외부 세계에 더 많은 관심을 두고 있다는 것이고, 다른 하나는 세계를 유비 관계, 즉 유사성의 문법을 통해 읽는다는 점이다. 유사성의 문법에 기댄다는 것은 시적 상상력의 핵심이 '발견'에 있다는 것, 이질적인 존재들 사이에서 연속성을 포착한다는 의미이다.

북극곰이 죽었다
해빙된 땅에서 먹이를 찾아

수백 킬로미터 떠돌다가
가죽과 뼈만 남았다
(…중략…)
아버지도 그렇게 쓰러지셨다 목수로
평생 쌓아올린 자신의 집이 무너지자 그대로 주저앉으셨다
단단했던 주먹, 근육질의 허벅지가 축 늘어졌다
아버지가 받치고 있는 것도 살과 뼈
아버지가 평생 좇으셨던 노동도
마지막엔 자신을 옭아맨 감옥이었다
곰들이 운다
눈이 오지 않는 극지의 땅에서 운다
얼음이 녹아가고, 바닷물이 높아지고
뼈가 드러나듯 육지가 생겨난다
아버지에게도 생활은 살이고, 노동은 뼈였던 것
서식지를 잃어가는 슬픈 종족
지구의 끝에서 허기를 달래고 있다

—「북극곰」 부분

이 시의 출발점은 "북극곰"과 "아버지"를 유비 관계 속에서 운명의 공동체로 인식하는 것이다. 시인은 지구온난화로 먹이를 구하지 못해 해빙된 땅을 떠돌다가 끝내 헐렁한 가죽으로 남은 북극곰의 주검에서 평생을 노동과 생활에 쫓기다 쓰러진 아버지를 발견한다. 이처럼 유비 관계의 핵심은 이 세계를 드러내면서 동시에 다른 세계를 창조하는 데 있다. 이러한 유비적 시선에 따르면 세계, 사물, 존재는 결코 단일하거나 개별적이지 않다. 이 세계에서 모든 사물은 실상 다른 사

물의 은유이며, 그런 한에서 관계가 끊어져 고립적으로 존재하는 것은 있을 수 없다. 유비적 관계를 바탕으로 "북극곰"과 "아버지"라는 이질적인 존재 사이에 유사성의 매개를 놓으려는 시인의 의도는 행과 연의 배치에서 분명하게 드러난다. 시인은 전체 23행 가운데 1~10행을 북극곰 이야기에, 11~6행을 아버지의 이야기에 각각 할애했다. 그리고 이들 두 개의 이야기는 11행에 등장하는 "그렇게"라는 부사에 의해 연결되거니와, "가죽"만 남겨놓고 쓰러진 운명의 유사성이 이 연결을 견고하게 만들어준다. 시인은 17~23행에서 "북극곰"과 "아버지"를 뒤섞어 놓음으로써 이 연결을 인식의 차원으로 끌어올린다. 유사성에 근거한 이러한 인식은 시적 발견의 전형적인 방법론인 바, 이러한 방법론은 정연홍의 시 전편에서 반복되고 있다. 가령 「뼈의 감옥」에서는 "새"와 "여자"가, 「선사인을 따라가다」에서는 암각화 속의 고래와 회색 도시를 유영하는 "나"가, 「귀신고래를 부르다」에서는 "고래박물관 포경선에 박제된/고래 한 마리"와 "도시의 한 마리 고래인 나"가 유비 관계에 의해 동일한 운명으로 인식된다.

2.

유비(analogy)는 모든 은유적 세계의 기원이다. 예를 들어 섬진강 "털게"에게서 "전차"의 형상을 발견할 때(「섬진강 기갑사단」), 고무옷을 입고 섬진강에서 재첩을 채취하는 어머니의 모습에서 "펭귄"의 형상을 발견할 때(「펭귄」), 주검을 삼키는 나무에서 "짐승"의 육식성을 발견할 때(「나무 짐승」), 가파른 절벽 사이를 뛰어다니는 흑염소에게서 "축구공"의 탄성을 느낄 때(「약산도 염소」), 출퇴근이 교차하는 공단 사거리에 엎드린 걸인에게서 녹슨 지게차의 느낌을 받을 때(「공단마을 사람들」) 등에서 '유사성' 이라는 매개는 이질적인 존재들 사이에 비일상적인 연속성을 부여해 세계를 은유, 즉 유비 관계의 거대한 연쇄 고리로 만든다. 유비 관계의 감각은 단순한 시적 기법이 아니다. 옥타비오 파스의 말처럼 아날로지는 "개별성이 총체성을 꿈꾸고, 차별성이 통일성을 지향하는 은유"의 세계이며, 아날로지의 세계에서 모든 것들은 서로 연결된 채 존재한다. 정연홍의 시에서 이러한 연속성이 가장 극단적으로 드러나는 장면은 「우주 TV」이다.

빛들은 사선을 그으며 스러진다
거대한 천체 브라운관 속 반짝이는 별들
몇억 겹의 광선 속에
수많은 이름들이 빛을 잃고, 다시 별이 되었다
인간들은 밤마다 우주 TV를 시청하며
채널을 고정하였다
별들의 쇼는 한 생애가 지도록 계속되었고
신의 호출을 받은 영상은
빛의 꼬리를 남기고 사라져갔다

오늘 밤 나무에 플러그를 꽂고
줄기 안테나에 수신된
별들의 광도를 측정해보라

어떤 빛은 스러져가는 중일 것이고,
어떤 빛은 불을 밝히는 중이리라

플러그를 빼도 꺼지지 않는
소리 나는 별 하나 있을 것이다

―「우주 TV」 전문

근대 이후, 천상의 질서와 지상의 질서는 회복불가능한 방식으로 단절되었다. 일찍이 보들레르는 '상응(Correspondence)' 개념을 통해 사물과의 교감 능력을 잃어버린 인간적 상황에 대해 안타까움을 표시했다. 하지만 이런 단절을 거부하려는 듯 시인은 '우주'와 '지상' 사이에 새로운 관계를 부여한다. 그것은 밤마다 사람들이 올려다보는 하늘에, 우주에 "우주 TV"라는 새로운 정체를 부여함으로써 가능해진다. 그런데 하늘을 "우주 TV"라고 명명하는 이 태도는 일회적인 아이디어가 아니라 지상과 천상 사이에 연속성이 존재한다는, 그것들이 근본적으로 이어져 있다는 믿음에서 비롯된다. 또한 이 연속성은 "별들의 쇼는 한 생애가 지도록 계속되었고/신의 호출을 받은 영상은/빛의 꼬리를 남기고 사라져갔다"라는 진술처럼 오랜 시간에 걸쳐 탄생과 소멸을 반복하면서 지속된 우주적 질서이다. 그런데 흥미롭게도 이 시에서 천상과 지상, 하늘과 인간 세계를 연결해주는 것은 "나무"이다. 시인은 "나무"에 생태적인 이미지가 아니라 기계적, 문명적인 이미지를 부여한다. 이 시에서 "나무"는 우리를 "우주 TV"에 접속시키는 일종의 기계장치이다.

사실 세계를 아날로지적 비전으로 형상화한 작품이나 천상과 지상을 연속성의 시선으로 포착하려는 시도들은 새로운 것이 아니다. 그것들은 1990년대 시의 한 주류였던 생태시에서 충분히 말해졌다. 실상 모든 생태시의 이면에는 아날로지에서 기원하는 연속성의 감각이 잠재되어 있다. 하지만 그것들과 정연홍의 시가 갈라지는 지점이 있다. 그것은 자연적인 것과 기계적인 것을 연결시킴으로써 이질적인 성질들의 공존을 반복적으로 실험한다는 사실이다. 생태시적 사유가 자연=선, 기계=악의 도덕적 구분을 반복한다면, 정연홍의 시는 이러한 도덕적 이분법을 적극적으로 돌파하는 양상을 보인다. 그의 시는 통상적으로 연결되지 않는 것들을 은유를 통해 연결시킴으로써 습관적인 비유의 굴레를 벗어난다.

바람 부는 날 나무에 귀를 대면
하늘로 올라가는 엘리베이터 소리 들린다
와이어를 타고 하늘로 올라가는 부동의 몸짓,
육체의 무게를 가볍게 줄이려고 바람이 불 때마다
깨금발을 모은다
지하 가장 깊은 곳에서 퍼올린 수만 볼트의 전류,
나이테는 끝없이 회전하여 전기를 충전하고
톱니바퀴를 돌린다 거대한 쇳덩어리가 하늘로 올라간다
내리는 손님도 없고 정거장도 없다
종착지도 없이 올라간다
수만의 잎들이 손을 흔든다

지상의 것들 비웃으며

목매단 사람의 죽음까지 싣고 수직으로 올라간다
엘리베이터는 멈추지 않는다
달리다가 바퀴 빠져나간 엘리베이터
방전된 엘리베이터, 간간이 보인다
죽어서도 하늘로 오르려는 욕망 놓지 않는다
말라 죽은 엘리베이터에서 윙,
전류가 흐른다

―「하늘 엘리베이터」 전문

바람 부는 날 나무에 귀를 대면 소리가 들린다. 당연히 그 소리는 바람 소리일 것이다. 그런데 시인에게 그 소리는 "하늘로 올라가는 엘리베이터 소리"로 들린다. "나무"의 형상을 이처럼 상승의 이미지로 읽으면 나무를 둘러싸고 있는 모든 의미들 역시 상승에의 의지로 이해될 수밖에 없다. 가령 대지에 뿌리를 내리고 있는 나무의 모습은 "하늘로 올라가는 엘리베이터 소리"와 결합함으로써 육체의 무게를 줄이기 위해 깨금발을 모르는 형상으로 간주되고, 나무의 내부 어딘가에 있다고 상상되는 엘리베이터를 가동하기 위해 나무는 지하 깊은 곳에서 수만 볼트의 전류를 끌어올리거나 나이테를 회전시켜 전기를 충전하고 있다고 상상된다. 「우주 TV」에서도 드러났듯이, 시인에게 나무는 수직성으로, 특히 '상승'의 이미지로 해석되는데, 이는 곧 하늘이 '영혼'의 방향임을 암시한다. "지상의 것들 비웃으며/목매단 사람의 죽음까지 싣고 수직으로 올라간다", "죽어서도 하늘로 오르려는 욕망 놓지 않는다" 등의 진술은 모든 생명의 출발점이자 도착점이 '하늘'

임을 말해준다. 자연의 기계화라고 말할 수 있는 이질적 비유 관계의 사례는 정연홍의 시에 산재되어 있다. 시인은 「세상 카메라」에서는 인간의 시각 기관을 카메라와 동일시("누구나 카메라 한 대씩 화경처럼 이마에 달고/서로 다른 이미지를 만들어내고 있다")하고, 「디지털 성경」에서는 유대전화를 광신도의 기계("신의 선택을 받겠다고/우주 속으로 모스 부호를 송출한다")에 비유하고, 「집의 뿌리 2」에서는 트레일러에 깔린 삼촌의 육체를 "트럭에 끼인 생의 계기판"으로 간주한다. 뿐만 아니라 「섬진강 기갑사단」에서는 생명체인 "털게"를 "탱크"에 비유하고, 「공단마을 사람들」에서는 공단 사거리에 엎드려 있는 걸인을 "녹슨 지게차"와 병치시킨다. 반대로 「새벽시장」에서는 가난한 부부의 야채 트럭을 생명체인 "코뿔소"에 비유함으로써 자연적인 것과 기계적인 것의 병치를 이어나간다.

3

정연홍의 시적 아날로지는 3개의 단층으로 구성된 건축물의 형상을 하고 있다. 이 건축물의 맨 위쪽 단층은 생명의 기원인 '우주'이고, 중간 단층은 비루한 군상들이 상처를 주고받으며 살아가는 '인간 세상'이며, 맨 아래 지하는 죽은 자, 즉 '귀신'의 세계이다. 정연홍의 시에게 이들 세계/단층은 각각 분리되면서도 일정한 연속성을 지니고 있다. 위에서 우리는 정연홍의 시편들이 수직적인 상승에의 의지를 표출하고 있고, 궁극적으로 그 의지가 '우주'와 지상을 연속적인 것으로 감각하는 근거임을 살폈다. 이 연속성의 저변에는 지상의 모든 생명들이 우주적 질서를 분유하고 있다는, 지상적인 것의 내부에 천상적인 것의 흔적이 각인되어 있다는 믿음이 깔려 있다. 요컨대 그것은 "가슴 밑바닥 숨겨져 있는/태생 이전의 생명/유전자 깊이 박혀 있다"(「눈물샘」)처럼 직접 설명되기도 하고, "나는 하늘로 높이 오르고 싶었다"(「선사인을 따라가다」), "뿌리는 지구 속으로 깊이깊이 내려갔다/발돋움으로 보았던 읍내의 건물들/메마른 풍경화 속으로 햇빛은 옅었지만/수직의 상상력, 안테나가 지직거렸다"(「나무」)처럼 수목적인 이미지로 형상화되기도 한다.

소멸은 시작일까
빅뱅이 일어났던 백삼십칠억 년 전
무한 공간 속 셀 수 없는
행성들이 생성되었다
우리가 지금 보는 별똥별은
수억 년 전 스러져간 행성의 마지막 흔적
화려한 불꽃쇼가 누군가의 죽음이었다니

빛의 속도로 수억 년 달려도 갈 수 없는 곳에
사람을 닮지 않은 외계인이 살고 있을까
집채만 한 망원경으로도 볼 수 없는
은하계 그 어디
어제 죽은 내가 살고 있을지도 모를 일
내 몸의 일부는 떨어지는 별의 잔해물,

육체의 입자는 별과 함께 생을 시작했다
하늘을 우러러보는 것은 숨겨진
유전자의 본성
언젠가 문드러질 살은
다시 우주로 날아갈 것이다

지금도 이름 없는 행성
블랙홀 속으로 사라지고
오늘 밤에도 별이 반짝인다

―「별의 소멸」 전문

'천상－지상－지하'의 세 세계가 "우주"라는 질서 속에서 연속성을 지닌다는 것은 삶과 죽음 사이의 경계가 없다는 의미이다. 이 시에서 중요한 것은 별, 빅뱅, 블랙홀 같은 천문학적 단어들이 아니라 "내 몸의 일부는 떨어지는 별의 잔해물"이라는 진술을 통해 환기되는 연속성, 즉 인간이 별의 혈통이라는, 나아가 인간의 몸속 어딘가에는 "별과 함께 생을 시작"한 백삼십칠억 년의 시간이 고스란히 쌓여 있다는 인식론이다. 이러한 시간론에 따르면 우주의 은하계에 어딘가에는 "어제 죽은 내가 살고 있을" 수도 있고, 별의 자손인 우리들은 죽음 이후 "다시 우주로 날아갈 것"이다. 천상과 지상의 이러한 연속성은 정연홍의 시에서 나무, 바람, 구름의 이미지로 형상화되며, 특히 나무의 수직적 형상은 "성자처럼 하늘을 향해 서 있는 듯하지만/지하의 검은 귀신에게 머리를 묻고 있는/나무"(「나무 짐승」)처럼 세 세계를 관통하면서 연결하는 배타적인 매개로 인식된다. 이러한 연속성의 인식이 유한한 인간의 삶에 적용될 때, "내가 무덤이다/무덤이 밥을 먹고 자란다//구멍 속으로 들어간 양식들/다시 세상에 뿌려진다/날 닮은 인간, 얄팍한 지식/내가 싼 똥/다 무덤에서 나왔다"(「밥무덤」) 같은 진술이 가능해진다. 아날로지의 연속적 세계에서 삶과 죽음의 절대적 분리는 더 이상 유지되지 않는다. 인용시의 첫 구절("소멸은 시작일까"), 그리고 자신을 "내가 무덤이다"(「밥무덤」)이라고 말하는 구절에서 드러나는 것은 우주의 질서에서 삶과 죽음은 끊임없이 순환한다는 존재론이다.

한편 3개의 단층으로 구성된 건축물의 중간에 위치한 인간 세계는 정연홍의 시에서 어떻게 형상화되고 있을까? 단적으로 말하자면 이 세계는 가난, 떠돎, 방랑, 죽음, 고독, 상처의 시간에 노출되어 있다. 이를테면 「집의 뿌리 1」에서는 "오늘 새벽 한 사람이 목에 낡은 장롱과 가재도구들을 매고 이 골목을 떠났다"처럼 가난과 죽음의 세계로 진술되고, 「집의 뿌리 3」에서는 "뿌리내리지 못한 한 사람의 생이/섬처럼 외롭다" 처럼 고독의 세계로 진술된다. 또한 「나무 짐승」에서는 "미루나무에 목을 매고 자살한 처자/나무는 그녀를 삼켜버렸다" 처럼 죽음의 공간으로 형상화되고, 「복스 마리스」에서는 "소리에 상처 입은 사람들이/거리를 떠도는 밤"처럼 정착지를 상실한 사람들이 방랑하는 세계로 묘사된다. 이 세계에는 "참 많이 삶의 비포장도로를 뛰어왔을 관중들"(「경륜」), "한때 공장 어디에선가 동료였을지도 모르는 저 등 굽은 사내" (「국도에서 김밥을 사다」) 역시 인간 세계의 비극성을 환기하는 인물들이다.

땅속을 날아다니는 일은 무척 신나는 일일 것이다
비행기를 타거나, 자가용을 몰고 하늘을 날아볼 상상을 해보지만
누구도 땅속을 날아다닐 상상을 하진 못하리라
여차하면 빌딩에서 뛰어내려 새들처럼 하늘을 날고 싶을 때도 있지만
누구도 실천으로 옮기는 사람은 드물다
하지만 누구라도 한 번은 땅속을 날아다닐 수 있게 될 것이다
날아다녀야만 한다
지상을 걷는 것은 인간의 길이지만
땅속의 비도(飛道)는 귀신들의 길이다
낙하산을 타고 지상으로 떨어지듯이 누구라도
타임머신을 타고 땅속으로 날아오를 수 있을 것이다
지금도 빌딩 밑으로는 수많은 타임머신이
지상의 인간을 비웃으며 날아다니고 있다
삼 분이면 인간이 도달할 수 없는 가장 밑까지 날아가고,
삼십 분이면 지구의 자궁 속에 도달해 있을 것이다
팔천 도의 온도로 모든 것이 녹아내리고 단 일 초도
견뎌내기 어려울 것이다 그러나
타임머신을 탄 사람들은 이미 귀신이 되었으므로 아무 일 없으리라
땅속은 철 기둥이 엉킨 유폐의 집이다
그곳을 날아다니는 일은 신나고 재미있는 일이다
하지만 아무나 거기에 갈 수는 없다
정해진 순서대로 한 명 한 명

그곳으로 불려갈 것이니

기다려라, 그러면 부를 것이다

—「땅속을 나는 일」 전문

3개의 단층 가운데 맨 아래에 위치한 '지하'는 귀신, 즉 죽음의 세계이다. "지상을 걷는 것은 인간의 길이지만/땅속의 비도(飛道)는 귀신들의 길이다". 하지만 이때의 '죽음'은 삶과 죽음을 엄격하게 갈라놓는 서구적 의미에서의 반(反)생명은 아니다. "잘 가시라고/한세상 사시느라 고생하셨다고/남은 사람들 위로의 축제 벌인다"(「즐거운 죽음」)처럼 죽음은 축복하고 위로할 수 있는 삶의 친숙한 일부이다. 아니, 친숙하기 이전에 "누구라도 한 번은 땅속을 날아다닐 수 있게 될 것이다/날아다녀야만 한다"처럼 필연적인 사건이다. 그러므로 시인이 이 필연적인 사건에 비극적인 느낌 대신 "땅속을 날아다니는 일은 무척 신나는 일일 것이다"처럼 명랑성을 부여하는 것은 당연한 일인지도 모른다. 죽음에 대한 시인의 태도는 긍정적이다. 이는 두 번째 단층, 즉 인간 세상과 지하의 위상학적 관계를 뒤집어 놓은 장면에서도 선명하게 확인된다. 시인에 따르면 사람들은 "낙하산을 타고 지상으로 떨어지"거나 "타임머신을 타고 땅속으로 날아오"른다. "지금도 빌딩 밑으로는 수많은 타임머신이/지상의 인간을 비웃으며 날아다니고 있다"라는 진술처럼 시인은 '지상'보다 '지하'에 더 많은 의미를 부여하고 있다. 이처럼 '죽음'을 명랑하게 받아들일 수 있는 이유는 죽음이 또 다른 탄생으로 이어지는 순환의 일부,

우주적 질서의 부분이라는 발상 때문이다. 우주를 '천상－지상－지하'의 단층으로 구분하고 그 세계들의 연속성에 주목함으로써 우주 전체를 관계의 연쇄그물망으로 형상화하는 정연홍의 시적 아날로지는 시집의 초반부에 실린 「촉지도」 연작이 증명하듯이 타자적 존재에 대한 관심으로 진화하고 있다. 이 진화가 인간 존재에 대한 새로운 이해에 도달하기를 기대해본다.

高奉準｜문학평론가